JN046662

不完全な親子

松谷美善
MIYOSHI MATSUYA

幻冬舎
MC

はじめに

私は2014年の秋、長いあいだ病気に苦しんだ母の介護生活を綴った『涙のち晴れ　母と過ごした19年間の介護暮らし』を上梓しました。

1995年の春、母は原因不明の不調を訴え、それまで地方都市で暮らしていた私は、取るものもとりあえず、神奈川県川崎市の実家に駆けつけました。

私が身の回りの世話をするようになっても、一向に母の体調は快方に向かいませんでした。

最初は看護のつもりが、介護になってしまいました。

不調が現れてから3年ほどで、ベーチェット病という特定疾患に認定されました。とても回り道をしたので遅すぎる認定でした。

2001年、母は大規模な大腸下血を経験して、以後15年にわたって入退院を繰り返すことになります。

2012年6月に体動困難の症状になり、入院を経て、母は自分では動けなくなり、8月に有料老人ホームに入居しました。

それまで良好な関係を築けなかった父と、たった2人で暮らすことになった私は困り果てます。

母を老人ホームへ入れた当初は自分の決断に自信がなく、また、ともすると事件に発展しかねないような、父に対する殺意にも似た複雑な思いに苦しみましたが、Twitterを始めたことで開けた世界に救われました。

その後、両親ともにアルツハイマー型認知症と診断され、それぞれの通院に付き添い、デイサービスを受けるために、私は奮闘しました。

それでも生きていてくれたことが、どれだけ私への風当たりを防いでくれたかを、身をもって体験することになるのです。

前著を上梓したとき、私はまだ両親を看取る途中でした。

そして私は、父を2016年の6月に、母を同じ年の11月に亡くしました。

両親とも最後は病院で臨終を迎えました。

まるで呼んでくれたかのような最期でした。

「もうすぐ終わるよ」と待っていてくれたのだと思います。

今までいっぱい泣いたから、両親の葬儀で涙は一滴も出ませんでした。

走馬灯のように思い出が駆けめぐるのかと思ったら、それも違いました。

悲しいという気持ちはもちろんありましたが、続けて喪主を務めたため、感傷に浸っている暇がなかったのが正直なところです。

思い返すと私の家族は、ずいぶんとチグハグな関係でした。

時代背景がそうさせたのか、それとも私たち親子が単に相性が悪かったからなのか、恐ろしく遠回りをして、やっと両親を看取ることができました。

完璧な人間はいません。

ですから、完璧な親でも子でもなくてよいのです。

私はやっとこの結論にたどり着きました。

なにもこれは私だけに限ったことではなく、外から見ている分にはわからない、どこの家庭にもありうることだと思います。

前著に続くこの本では、不完全な親と子があちらこちらにぶつかりながら一生を終えた物語を中心に、そのときどきで私が感じたこと、人生を終う「終活」について私が日ごろ感じていること、介護のあり方に対する考えなどをまとめたものです。

今回は特に、私たち家族のお終いを、皆さんに読んでいただきたいと思います。

不完全な親子　目次

第4章　介護について思うこと　91

第5章　終わりのときに向けて　117

第1章　父と私、そして別れ

父との別れ

私の父は、２０１６年6月に急逝しました。

脳梗塞でした。

倒れてから、わずか4日で亡くなりました。

倒れるちょうど1週間前、私は介護老人保健施設で父に面会していました。

お茶や水を飲まずに捨てていると、職員からの申し送りがありました。

部屋を訪れて、「パパ、出されたお茶はパパの体に必要なものなんだから、捨てないで飲みなさいよ」と、私は父に注意しました。

父の死後、知り合ったリハビリ施設の方に、「お父さんは飲みたくても、そのときはもう嚥下《えんげ》ができない状態だったのかもしれない」と、教えられました。

そう聞いたとき、生まれて初めて、私は父から人生において最大で最重要なことを教わったように思いました。死に方のお手本を父が身をもって教えてくれたように感じたのです。

倒れて4日あまりで逝ってしまう、それは私を苦しめまいとしたようでした。私も願わくば、自分の最期を父のように迎えたい、父のように死にたいと、このとき強く心に刻みました。


2016年の6月初旬に話を戻します。

突然ケアマネージャーから、「お父さんが脳の病気で意識が混濁しているから、救急搬送します」との電話連絡が入りました。

まだ受け入れの病院も決まらないままにタクシーに乗ったまま、

いつでも移動できるように待機していたときには、まだなんの感情も湧きませんでした。

まさかそれが最期になるとは思わず、けれども、どうしようもなく胸の内でざわつく思いを必死に打ち消して、考えないようにしていました。

受け入れの病院が決まり、待ち構えていた私の前に、入ってきた救急車からストレッチャーで降ろされた父の顔は蒼白でした。

私はそこで初めて事態の深刻さを認識したのです。

左半身はすでに麻痺した状態でした。

まだ動く右手で父は、ものすごい力で私の手を握り締めました。

あれは私に対してではなくて、生きることにしがみついたのだと思います。

医師からは、「お父さんは脳梗塞です。すでに左半身に麻痺が回っています」と告げられました。

そういわれて見せられた父の頭のCT画像は、右半分が真っ白になっていました。

「あとはご本人の生命力ですね」と、医師に告げられましたが、私はこのときもまだ、「これで最期だ」なんて考えませんでした。

「ずっとずっと信心深かった父が、こんなに急にあっけなく召されるはずはない」

「父はカナヅチなので、きっと三途の川を渡り切れずに帰ってくる、そう信じよう」

そう自分にいい聞かせました。

毎日、面会に通い、冷たくなった父の手足をさすり続けました。

私たち父子がそうしているあいだも、入所の順番待ちをしている人がいるので、父の介護老人保健施設を解約しに行きました。

父がお世話になっていた介護老人保健施設も、特別養護老人ホームほどではないにしろ、空きが出るとすぐに埋まってしまうほど入所希望者が待機していました。

現在はもっと入所希望者が待機していると思います。

ケアマネージャーが私の顔色を見て、「あなたが倒れてしまうから」と、荷造りを手伝ってくれました。

病院へ戻り、父の傍へ行くとなにも話せず、ただ動くほうの手で私の手を握り返しました。

その手の力がだんだん、だんだんと弱くなっていくのを感じ、「本当に最期なんだ」と知りました。

思えば、父と手をつないで歩いた記憶もありません。

父は非常に不器用な性格で、私に対していってほしかった言葉も、人に対するねぎらいの言葉も声に出していってくれたことが、生涯でただの一度もありません。

「ありがとう」も「すまんな」も全部全部入っていたよね。

娘に人生のお終いに、手足をさすってもらってうれしかったよね。

父の呼吸が、徐々に浅くなっていくのを感じていました。

倒れて3日目の朝3時半に固定電話が大音量で鳴りました。

「お父さんが危篤です、すぐに来てください」

もちろん、すぐに駆けつけましたが、ここからが昭和一桁生まれの心臓の強さです。

17時間近く、生命維持装置で持ちこたえました。

私は疲れて、病室の床で寝てしまいました。

家に着替えに戻ったあいだに、再度危篤の連絡があり、私の到着を待っていたように生命維持装置は外されました。

「ご臨終です」

「え？　これで終わり？」

いくつも疑問符が沸いては消えました。

ここでもまだ実感は湧いてきません。

ただ、「これからどうしよう」という思いで頭のなかはいっぱいで、涙は一滴も出ませんでした。

「さみしいじゃないか」

なんの前触れもなく
突然その日はやってきた
勝手に頭のなかで予想していた通りだったけど
気持ちの準備ができていない
こんなに急にいなくなるなんて
もう一度怒鳴ってよ
もう一度眼を開けてよ
大事なこと、なにも聞いていない
もっと大事なこと、まだなにもいっていない
たくさん話したいことあったんだよ
人間って本当に困ると涙は出てこないんだね
さみしいじゃないか、じじい

父と2人で暮らしたこと

バタンと後ろ手でドアを閉めて、私は台所に急ぎます。息を切らして自宅へ向かう坂を登る途中から、嫌な予感が止まりません。

家に入ると、やはり父はいませんでした。

私の予感は的中し、ガスコンロの火が小さく燃えていました。

父の認知症を疑い出したのは、こんなことからです。

その前後にも、お風呂の給湯器のスイッチが入りっぱなしとか、トイレや廊下の電気が長い時間つきっぱなしとか、細かい事象はあったのですが、高齢者の物忘れだと、いちいち注意はしませんでした。

でもガスコンロのつけっぱなしは、放っておいたら大きな事故にもつながりかねません。

じつは私が在宅している時間にも、何度か見かけて注意しました。本人に問いただしても、自分ではないといい張ります。思いあまって、介護経験のある親戚に相談したら、すぐにＩＨコンロに替えるようにいわれました。

ＩＨコンロの使い方を調べたり、対応の鍋を買ったり、それも大ごとです。

こんな生活も長くは続かないであろうという予感がありました。

そのうち、父は買い物や通院、当時老人ホームに入居していた母の面会などから戻ってくるのが、かなり遅くなるようになりました。

父はときどき、どこかに出かけてズボンを破いたり、足を擦りむいたりしていたようで、私が帰宅すると、それをかたくなに隠すようになりました。

外見からは見受けられませんが、少しずつ、少しずつ「父はおかしいのではないか」という小さな疑問の芽は、やがて私の頭のなかで確信の樹に成長していました。

私の父はプライドが高い人だったので、なかなか弱音は吐きません。近所の人の前でも普段通りに振る舞うので、認知症といっても他人は誰も気がつきません。

よくメディアなどで、近所の人と情報を共有して高齢者を見守るといっています。

それはできる人とできない人がいると私は思います。

高齢者はとても見栄っ張りで、他人に弱みを見せることを極端に嫌います。

父も同様で、私が他人に少しでも家庭内のことをいうことは御法度でした。

でも結局、近所の人にもお世話になるのです。

ある日、朝まだ暗いうちから、家のなかに父の姿が見あたりません。以前にはこんなことはなかったので、私はかなり焦りました。2、3時間が経ち、朝市の帰りの方が見かけたと、電話をかけてくださいました。

父が見つかった場所は、家からずいぶん遠かったので、よくこんなところまで歩いてきたと感心するとともに、私も父を迎えにいって連れて帰ってくるだけの体力が不安で、タクシーを頼んで連れ帰りました。

朝から2人とも飲まず食わずでしたから、その日は話す元気もありませんでした。

私は意を決して、次の日に父と話そうとしました。

父は昔の人のなかでも相当な頑固親父で、自分が迷って外出して、帰ってこられなくなったことを認めません。

少し追い詰めると、「今から線路に行って電車に飛び込んで死んでくる」というのです。

じつはこのフレーズは、夫婦げんかをしたときに父が昔から口にした言葉です。


私の祖父は高名な僧侶でした。

まだ僧侶という職業が、現在より尊敬されていた時代です。

雑誌や新聞の取材も受けて、論文や書も多数遺していました。ときおり政治家も訪れるような家庭でした。

私の母が父に嫁いできた背景には、この祖父に対する敬意がありました。

それなのに父はというと、夫婦げんかがひどくなると決まって「今から線路に行って電車に飛び込んで死んでくる」というのです。夫婦げんかのたびに、母にこのせりふを吐いては、「お義父さんは偉いお坊さんなんだから、あなたがそんなことをしたらお義父さんの名に傷がつく。お坊さんの息子はそんなことをしたらいけないよ」と、たしなめられていました。

私に対しても同じことをいう父に対して、「この人は最後まで変わらないんだな」と思うと同時に、徐々に駄々っ子になっていく様子に、家族の終わりの近いのを感じていました。

亡くなる2年前ぐらいまで、昔のように私を怒鳴る父でしたが、だんだんと論点がずれていき、空威張りをする父の弱さも私は思い知っていました。

男親というものは、異性ということもあり、娘とどう接してよいかわからないと、怒鳴ってねじ伏せようとするのだと思います。

「しもやけ」

冬の朝
父がまだ真っ暗な台所で
小さな蛍光灯の灯りを頼りに髭を剃る
夕べも手足が冷たくて寝られない
電気毛布とあんかを入れても寝られない
風呂上がり
体をしっかり拭けなくて
私がゴシゴシゴシゴシ手足を拭いたね
庭の洗い場でおねしょの下着を洗う
父の手のしもやけがかわいそうだった
私はそっと軟膏を差し出した
手足のしもやけは夏の手前まで治らなかった

私が文章を書く理由

私は小さいころから、父に対して殺意に近い気持ちを抱いて生きてきました。

今になって思うと、それほどに憎いのは、それ以上に愛されたかったからです。

私がよい成績を取った日でも、なにか気に入らないことがあると、一転して怒り出す父でした。

父は私がやりたいことも否定しました。将来の夢や自分の行動を、親にすべて否定されるのは、大変に生きづらいことです。

父への殺人を実行してしまったらどうなるのか、かなり小さいころに学習していましたので、大人になってなにか実績を残せるようになったら、認めてくれるだろうと思うことによって、自分の気持ちに蓋をしていました。

あのころの父の齢を迎えて思い当たるのは、自分にとって気に入らないものはとことん気に入らない、そりが合わない娘がよい成績を取ることとさえ腹立たしい、だから口実を探して怒るということだったのでしょう。

要するに、父は自由奔放な私に嫉妬していたのです。

私の幼少期はちょうど高度経済成長期と重なり、日本がとても元気なころでした。

豊かになった社会で自由に振る舞える私に対し、父は自分の幼少期とのあまりの違いに、もはやついてこられなかったのです。

もちろん父にも、私が娘だという認識は当然あったわけですから、愛したくてもその方法がわからなかったのだろうと、現在は父の不器用さを少しかわいそうに思います。

父の死の間際に、本当の父親と娘の関係になれたように私は思いますが、結局、人生に対する価値観や感じ方は共有できないままでした。

ここまで遠回りしてしまったのは、親子だからこそ感情むき出しの対立があり、お互いの価値観がぶつかり合ったからにほかなりません。

私が文章を書く理由は、誰かとつながりたいからです。そして、生きているのが自分一人ではないと信じたいからです。そう考えるのは、父との不本意で残念な関係があったからでしょう。

どんなメディアでも、そのときどきで感じたことを発信して、通じ合える人とコミュニケーションを取りたいのです。

共感も否定も両方あっていいのです。

そして、ともすると道を外れそうになる自分を、軌道修正しているのです。

なにかを思いつくと、誰かにいわずにはいられないのは、私の長所であり欠点でした。

私は母に、父を殺したいと告白したことがあります。

母には、「あの人のほうがお前より絶対力が強いから、反対にやられてしまう」といわれ、「祖父が偉大な僧侶である家で殺人事件が起きたらどんなことになるか」と、懇々と諭されました。

一時の激情に駆られて、浅はかなことを実行しないで、本当によかったと思います。

絡み合う複雑な感情

どんな人でも、人生で3回ほめられるといわれます。生まれたとき、結婚したとき、そして死んだときです。

私の場合は、望まれていたのは男の子で、生まれてみたら女の子だったので、父はたいそうがっかりしました。

1800gの未熟児で、健常者として生まれてこなかった私をめぐって、両親はいさかいが絶えませんでした。

私は常々思うのですが、子どもができなかったり、生まれた子どもに異常が見つかったりすると、どうしてそれらはすべて母体の責任にされてしまうのでしょう。

現在はだいぶ改善されてきて、不妊は男性にも問題があることが知られてきました。

それでも生まれてきた子の先天性の病気は、まだまだ無理解な人たちによって、女性だけが責められる風潮を感じます。

だから平成最後の年になっても、セクシャルハラスメントやマタニティーハラスメントのニュースがなくならないのです。

子どものあるなしはカップル二人の責任ですし、新生児の異常は二人ともに要因があるのです。

妻だけが責められる問題ではありません。

最近では、子どもの通院に男親だけが来ている姿をよく見かけます。

できれば病状は両親ともが共有し、ともに育児に携わることが望ましいことはいうまでもありません。

話を父と私との関係に戻します。

私は父とそりが合わず、子どものころから衝突を繰り返していました。

家から外に出れば、うまくいかないことの一つや二つは誰にでもあります。父の場合、その不満を抑えることができず、母と私に当たることがしばしばありました。

死ぬほどの虐待を受けてはいませんが、自分の親に対して穿った見方をするには、それは十分なものでした。

私は今でも、平和で良好な家庭環境が存在することが、不思議に思えてなりません。

そこには親御さんの弛まぬ努力と愛情があるのでしょう。

私はどんな状況にあっても、暴力と恫喝は、人を教育しないと強く主張します。

義務教育中の春夏冬休みは、母方の実家または親戚の家に預けられ、高校生時分は部活動に明け暮れて、ほとんど父と顔を合わせないように、口も利くことなく過ごした青春でした。

今思い返してみると、私たち一家は家族になり損ねたのです。


幼いころ、父から「出ていけ」といわれるのがたまらなく嫌でした。

幸い家がとても広く、自室にこもれば、父もそこまでは追いかけてきませんでした。

「一日でも早く自立したい」

「優しい人と結婚して、子どもを産み、自分だけの家庭がほしい」

父に暴言と暴力を受けるたび、毎回考えたのはこれだけでした。

父の暴力は狡猾でした。

叩けば自分の手が痛いので、必ず私の服で見えないお腹の部分を痕がつくほどつねるのです。それをされても、私は泣きもせずに父を睨み返してしまう気の強い娘でした。

父の瞬間湯沸かし器は止まらず、思いもかけないところでスイッチが入って怒鳴りだす困った性格でした。

母が家にいることがいたたまれず、勤めに出るようになってやっと家庭は落ち着きました。

ちょうど父方の祖父母と同居した時期と一致します。

私は父に対して、幼いころから憎悪の気持ちを隠し持っていたのです。

それは、一歩間違えれば殺意です。

私は一人っ子で、いちばん身近な異性が父だったので、異性に対しても潜在的によい感情は持っていませんでした。

このために女子校が居心地よく感じていました。

私が19歳になったとき、さらに父との関係が悪化したので、短大入学を名目に家を出て、内心では戻りたくないと決めていました。

それがその通りにはいかなかった。

結婚して6年目、母の病気が判明して以来、長きにわたる介護生活が始まり、なし崩しに同居して両親を看取ることになりました。

でも、すべてが終わった今では、これでよかったと心から思っています。

運命とは皮肉でのちに素晴らしいものなのです。

2回目にほめられるとされる結婚したときは、お色直しと出し物でとにかく忙しく、両親の顔もまともに見ていませんでした。
3回目にほめられるとされる死んだときは、まだ訪れていないのでわかりません。

「人は死ぬとき、ほめられますか？」

事件や事故のニュースを見ていると思います。

特に事件の犠牲者に対しては、決して悪くいいません。ともすると、加害者に対しても、まさかあの人がと聞こえてきます。特に家族間のいさかいで起きた事件には、前兆があるのではないかと思います。私の父が死んだとき、近所の人によく事件に発展しなかったと、慰められました。ずっと別居していた夫が戻ってきているときなど、夫婦げんかが激しくて、近所の人が出てきて心配されました。

両親どちらにも手を下さずに、看取ることができて本当によかった。人間は元来孤独なものだと思いますが、私は自分が凶行を起こさないために、言葉を発信し続けるのだと思います。

第2章　母と祖父母

母との別れ

私の母は、２０１６年11月に老衰のために亡くなりました。

父母の位牌には、「享年八十八」と記されています。享年は数え年ですから、父母ともに亡くなったのは87歳です。

２０１６年２月、母は血中酸素濃度が極端に下がり、救急搬送されていました。

老人ホームから連絡があったとき、なにが起こったのか正直いって私には理解できませんでした。

搬送される数日前にも、母に面会していましたが、変わった様子はまったく見られませんでした。

２０１６年に入ったころから、施設の往診医や母の担当者から何度も呼び出され、終末期医療の話をされたのが、とても気掛かりでした。

そのころの母は、食事がまったく摂れない状況でした。

母の施設に週2回来ている往診医に点滴をしてもらうなどの処置を受けて対応していましたが、そのほかの日は、常勤している看護師が母の処置を行っていました。

母の顔の色つやは、とてもよかったので、そんなに深刻な状況だと私は捉えていませんでした。

体調の悪いときは前にもありましたし、また体調がよくなったら、食べられるのだろうと思っていました。

「娘として最後はどうしたいですか？」

そう聞く医師に対して、母は延命措置を望まないだろうと考えて、

「本人の寿命に任せて、自然なかたちで見送りたいと思います。胃ろうはなにがあっても嫌です」

と伝えました。

胃ろうとは、腹部を切開して管を通し、栄養素や医薬品を投与するための処置です。

胃ろうによる延命措置に関しては、尊厳死の観点から賛否両論ありますが、健康なときに、本人の希望をよく聞き、家族の考え方を話し合っておくことをお勧めします。

母がまだ、認知症になる前、骨折して入院した際に同じ病室に胃ろうを施された患者さんがいらっしゃいました。

そのときは胃ろうに関して、今ほどの知識はなかったのですが、患者さんの親族と思われる人が、病院のいうなりでなにも反論もせず、転院させられていくのを見ました。

病院との話し合いはあったのだと推測しても、かなり強引なやり方に私には映りました。

母はこのときの患者さんの姿に大変ショックを受け、私に「絶対に延命治療はしないでちょうだい」といいました。

そのあと、私は自分の入院や、その過程で知り合った人の話などを参考にして、自分の両親を看取るときの見解にいたったのです。

私とは違った意見があっても、それは人それぞれだと思います。

また、終末期医療にまで到達する人もまた、その人の運命で家族と一緒にいる時間が長く持てて、幸せなことかもしれないと今では考えます。

救急搬送された病院で、母は肺炎と診断され、かなり危ない状況だと告げられました。

母が危険な状況にあったわずか4か月後、同年の6月に父が亡くなるのですが、このときは父はまだ健在で、相前後して父母が他界する結果になるとは、思いもしませんでした。

母のほうが症状が悪くなるのが早かったので、もしかしたらと覚悟のようなものが、私のなかに芽生えました。

重篤な状態を持ちこたえ、母は1週間後に生還しました。でも、それから眼を開けて、私と意思疎通がある会話をすることはありませんでした。

母の終末期についての話し合いが、担当医とケースワーカーと私のあいだで何度も持たれました。

私は胃ろうに関して調べ、ほかの病院の医師の話や、経験者の家族の話を聞いたりして、断固として拒否しました。

私の意志を尊重してくれる病院だったので無理には勧められませんでしたが、強く胃ろうを勧めてくる病院もあると聞きました。

親に胃ろう処置をしても、1日でも長生きしてほしいと考える人の話も聞きました。

寝たきりの高齢者をたくさん収容して、介護が行き届かずお金儲けをしていると思われる病院もあります。

結局、母は太腿の付け根にある大腿骨付近の静脈に、高栄養輸液を点滴で入れて、カテーテルにより排泄を行うという方法で生きながらえることになりました。

桜の花が散るなかを、迎えがきて長期療養型病院へ転院しました。

母にとって、人生最後の桜でした。

大体あと半年ほどの余命と伝えられていました。

母は肺炎で倒れてから、10か月ほど生きました。

全身がチューブにつながれて、抑制帯もつけられた母に、私が触れることはできませんでしたし、自ら言葉を発することもありませんでした。

家族はこの段階で、選択が正しかったのかどうか迷い、この状態がいつまで続くのかと焦り苦しむのです。

お金が成る木を持っている人なんてどこにもいません。

胃ろうで意識のないまま、心臓は動いているからと5年間も見守るしかない家族の話を聞きました。

心中を察するに、あまりあります。

私はこの方法がベストだったと信じました。

「きっと最善の最期を迎えてくれるだろう。ただもう一度、元気な顔が見たい」

その一心でした。

私の微かな希望は叶いませんでした。

母は発熱したり、排泄ができなくなって黄疸が出たり、20年前から患っていたベーチェット病の影響でしょう、身体中に内出血の痕ができていました。

それは大変に痛々しいものでした。

半年近くなにも食べていない体は、20kgあまりに体重が減っていました。

本当に骨と皮だけになっていました。

点滴投与だけで生きさせられている、母が日に日に弱っていくのを目の当たりにして、楽にさせてあげる術をなに一つ持たない自分を母に対して申しわけなく思いました。

2016年10月、その日は突然にきました。

何年も前から、私の存在さえも忘れていた母が、別れ際に「また来るからね」といった私の声に反応して、眼を開け、チューブにつながっている手を上げました。

表情はうかがえませんでした。

それが母から私への最後の挨拶だったのかもしれません。

それから1か月経たぬうちに、母の危篤の報せが入り、私が駆けつけたときには「ご臨終です」といわれました。

私との約束で、この病院では生命維持装置は使いませんでした。

父の葬儀から5か月あまりで、再び喪主を務めることになってしまいました。

このときも涙は一滴も出ませんでした。

私が考えていた両親の終わり

テレビドラマのようには、人間の一生は終わりません。

父も母も最後は苦悶に満ちた表情をしていました。

私は「なんとか痛みだけでも取ってやってください」と、両親それぞれの担当医に何度も何度もかけあいました。

二人とも言葉も発せなかったので、痛いところがあるのだろうと推測した私の気持ちはなかなか医師には伝わりませんでした。

病院はギリギリの人数で仕事を回しているのでしょう。

ある看護師にいっても、担当医には申し送りがされていませんでしたし、「当院はしっかり看護を行っています」と、かなり強い口調でいい返されました。

看護師の方いずれにも、強い疲労の様子が見て取れましたので、私はそれ以上のことはいうのを控えました。

それでも、重症の高齢者、まだ言葉が発せない小児など、ナースコールを押せない患者がいるのも事実です。

特に重篤な患者が運び込まれる救急指定の病院を中心とした医療機関の皆さんは、人の死に慣れないでいただきたいと思います。

入院しているのは、一人ひとりが家族にとって、かけがえのない人間なのです。

父の誇りだった祖父

インターネットで検索すると、父方の祖父の名前が出てきます。

戦争で諸外国のことを慮ったのは、一部の有名になった人だけではありません。

軍人さんは、日本を守るため、そしてなにより大切な家族を守るために出征していったのです。出征して散った命も、復員してお帰りになった命も、命の重さに違いはありません。

戦争は二度と起こしてはならない、人類の過ちです。

戦時中でも現代でも、死ぬときはいつも理不尽です。

私の祖父は相手が敵国の兵士であっても、決して人を殺さず、銃弾を肩に受けながらお釈迦様の像を背負い、敵軍の襲来のなかを突っ込んでいった人でした。

ずっとずっと世界の平和を願い、基地のない沖縄をつくることにも尽力し、志半ばで亡くなりました。

まだもっとやりたいことがあったのに、どれだけ無念だったことでしょう。

祖父に関する文献はたくさん残っています。

新聞にも祖父の記事が掲載されています。1970年代から1980年代に、反戦と宗教を扱った新聞雑誌に取材されました。「我が非暴力」を最後まで貫いた立派な人でした。

私が幼いころ、祖父は、足のケガに手を置いて、治るように祈ってくれました。これが本当の手当てだと思いました。

2015年3月、テレビのニュース番組で介護施設の問題が取り上げられていました。そのころ、私は母の介護について書いた最初の書籍を出したばかりだったこともあり、メールでテレビ局に意見を送りました。

その意見が採用されて、テレビ局のクルーが私の家に取材に来ました。

父と2人でインタビューを受けました。

記者の方が当時85歳だった父に、「お父さんは、今まで生きてきて一番幸せだったことはなんですか?」と聞きました。

父は、戦時中に毎朝、祖父を迎えに馬が家まで来るのが、人生のなかで最も誇らしかったと、答えました。

あとで取材に来た記者から「戦争を肯定しているのか」と、クレームが入り、コメントを訂正させられましたが、父は決して戦争に賛成していたわけではありません。

ただ、国民皆が現実離れした高揚感に包まれていた戦時中のことです。父だけがこのように感じたわけではなかったはずです。

父の記憶に鮮明に残る、馬で出陣していく祖父。その姿が誇らしかった気持ちを私は認めてあげたい。

そして、85歳になっても、自分の父親のことだけが誇りで、その父親にほめられることだけを求めて生きてきた私の父を、とても哀れに思います。

「誰かに認められること」

幸せってなんだろう
あなたはいつが幸せでしたか？
高齢になるとどうしても
若かったあのころを思い出す
私がそうであるように
お父さんあなたも祖父に認められたかったんだよね
兄弟何人もいたから競争率高かったよね
あなたの代わりに祖父母をひとりじめしてごめんね
父の帰りたい場所が我が家でなかったことが残念です
天国でみんなに会えたかな
みんなで安らかに過ごしてください

私の味方だった祖母

父方の祖母は、お嬢様育ちでした。

お手伝いさんのいる家で、なに不自由なく育ちました。

だからなのでしょう、いわゆるお姑さんの嫁いびりのようなことは一切しませんでした。

とても穏やかで、母にも私にも優しい人でした。

祖母が若いころには、父を含めて実子に対しては、少しきつい母だったようです。

祖母は私が学校へ行きたくないといったとき、両親が反対するなかで一人だけ味方になってくれた人です。

「学校へ行きたくないなら行かなくてもいい、その代わりなんでもいいから大好きなものを持て」と教えてくれました。

祖母のこの言葉が、私が文章を書くようになった礎です。

祖父母は二人とも長患いはせず、祖父が89歳で祖母が80歳で逝去しました。

子だくさんの時代に生まれた私の両親は次男と三女なので、親の老後についてそれほどの責任もなく、お陰で両親は看護も介護も知りません。

祖母には覚悟があったのでしょう。

母に、

「私はこれが最後の入院になる、今までありがとう」

「息子と孫を護るから」

といい置きました。

母は、「私のことは？」と思ったそうです。

私は両親を介護しているあいだ、「おばあちゃん助けて」と何百回忌ったかしれません。

子に対する愛情と、孫に対する愛情は違います。

私は祖父母と同居している家で育って、本当によかったと思っています。

祖父母が私を大切にしてくれたから、両親を看取れたと感じています。


私は先年、先祖代々の墓を移転するために、墓終いをしました。

墓終いの前に、お骨を取りに行ったとき、祖母の骨壺だけ、まったく水が入っていませんでした。

「長いあいだ、外の霊園墓地のお墓に入っていたのに珍しい」と管理の人も驚いていました。

骨壺に水が入っていなかったのは、祖母も私の元に帰りたくて、私が迎えにくるのを知っていて、それを待っていてくれた「しるし」なのだと思います。

亡くなっても気持ちは通じていたのです。

お墓のなかのほかのご先祖様に「もうすぐ孫が迎えにくるのよ」と自慢していたのです。

祖母の遺骨は、沖縄の洗骨屋さんに送って洗骨してもらい、私が契約した納骨堂で両親と3人、私が行くのを待っています。

私と祖母と両親と、4人で永遠の眠りにつくことが、私の最後の望みです。

「幸せってなんだろう？
私の幸せを考えてみます」

知らなかったのだから仕方ない
私は円満な家庭を築けなかった
過ぎた時間は巻き戻せないけれど
半世紀以上生きてきて
帰りたい場所は実家の私の部屋です
夢見ていたのは楽しい未来
でも家庭や家族はどうしても思い描けなかった
みんななくしてしまったけれど
冥途の土産はきっと実家の夢を見る
祖父母と両親と夫と私
全員が会したことはないけれど
みんなが笑顔の夢を見る

「出せなかった両親への手紙」

お父さん
わたしが「ごめんね」といったら
「すまんな」と返してくれましたか
いちばん多感な時期をあなたと過ごせずさみしかった
私の成人式忘れていたよね
晴れ着を着たかったわけじゃないけど
「おめでとう」の言葉ぐらいはほしかったな

お母さん
わたしが「ありがとう」といったら
「ありがとうね」と返してくれましたか
元気だったころ

祖父母と父に怯えているあなたが哀れでした
人間って話し合えると思います
家族ってもっとわかり合えなくちゃと思います
過去には時間は戻らないけど
笑って「ありがとう」といえる人になります
先祖に感謝します
私を産んでくれてありがとうございました

第3章　親子関係について思うこと

親とうまくいっていないあなたへ

憎悪は愛情の裏返しです。

私がそうだったから、わかるのです。

時勢が違ったからなのでしょう。

私には父とも母とも手をつないで歩いた記憶がありません。

その代わりに、祖父と散歩した思い出が記憶の片隅に残っています。

よくインターネットなどで、親にもっと〇〇してほしかったという言葉を目にします。

匿名であるがゆえに、本心だと思います。

ご両親から独立されている方はぜひ、ご両親が健在なうちに気持ちを言葉にして直接伝えてください。

特に、父親には「なにをいっているんだ」と、最初は跳ね返されて聞いてもらえないかもしれません。

でも私は、心の底にあった本当の気持ちを話すことが、親との溝を埋め、円滑な介護と看取りを進める重要な鍵と位置づけます。

私は父に、怒鳴られても怒鳴られても、最後は向かっていきました。

母は難病で、危険な局面も多かったため、ちゃんと話すことができずにいましたが、最期を報せてくれたのは、気持ちが通じていたのだと勝手に理解しています。

親と子の関係は、時代とともに大きく変化しました。

子が親に服従することは当たり前で、それで家庭内の秩序が守られていた時代がありました。

親が子の面倒をのちのちまでみてくれた、幸せな時代もありました。現在の経済状況では、そんなに経済的余裕がある親も少ないと思います。

子だくさんの時代には、長男長女が家の決めごとに重要な役割を持っていましたが、少子化で長男長女だらけの現代では、「長男だから」「長女だから」と、親が子に特別な役割を期待するのは無理があります。

時代は変わって、親子関係のあり方が変化しているはずなのに、親はかつて自分が経験した親と子の関係に当てはめようとします。成長すればするほど、子は押しつけの親子関係に違和感を持つようになります。

たとえ親子でも感じ方まで同じとは限らないのに、親は子に、子は親に理想の親子関係を期待してしまうのだと思います。

現代はインターネットとスマホがあれば、どんな情報でも調べられます。

親との関係がうまくいっていないあなたが、たとえば、ほかの家庭の親子関係や、理想的な親子関係について書いた文章を目にしたら、どう感じるでしょう?

私の親は、娘がインターネットを見ることを極端に嫌いました。それは昭和一桁生まれの親にとっては得体の知れない、それも多分、非常に悪い予感に苛まれての反対だったのだと思います。

どんな親子にも大なり小なり、うまくいかない時期はあります。

親とうまくいっていないあなたへ。

現在の親子関係がうまくいっていなくて、その原因が親にあったとしたら、親を許してくださいとはいいません。

ただそのことだけに固執して、障がいを乗り越えられないあなたになってほしくないと思います。

親に将来の夢を理解してもらえずに、悩んでいるという話を目にする機会がよくあります。

それでも夢を育てる機会は必ず訪れると思います。信じることから、夢を実現する道筋が拓けるのです。

「夢を見る」

夢見ることをやめないで
今がどんなにつらくても
大好きなことはたねになる
つらいときこそ夢見ていてね
向かい風はずっとは続かない
諦めないでずっとずっと信じ続ければ
きっとなれるよ
大好きな自分

お子さんとの意思疎通が
うまくいっていないあなたへ

あなたが介護を希望していてもいなくても、あなたが確かなうちに、お子さんと話す機会を設けてください。

普段は問題がないように思えても、あなたとの親子関係をお子さんが内心どう考えているのか、わかっていないことが多いものです。

人間の記憶は曖昧で、特に高齢者は自分の都合のよいように記憶を上書き保存している傾向があります。

親にすれば叱咤激励したつもりで、些細なことと忘れてしまったことも、それを受けた子は暴言や暴力として記憶していることがあります。特に思春期に受けた場合は、深くインプットされています。

とりわけ、ほかの兄弟と比べられた記憶は、将来まで深く影を落としています。

過ぎてしまったことは決して元には戻りませんが、お子さんとしっかり話し合って、親子関係を軌道修正しておくことによって、後悔せずに最期を迎えることができるのです。

お子さんが一人であっても複数であっても、親の老後、特に認知症になったり、末期救命医療を受ける状況に陥ったときに、お子さんがどう対処したらよいか困らないようにしておくことが、親の務めだと思います。

お盆休み、お彼岸、年末年始などに、家族が集まる機会をどうか設けてください。

そしてご自身が確かなうちに、ご夫婦とお子さん相互で、わだかまりを解くきっかけをつくってください。ぜひ、親とお子さん全員が情報を共有していただきたいと思います。

親と子が個別に話して納得したつもりでいても、親から自分だけ多く遺産をもらおうとする子が出てくるのは、よく聞く話です。家族のわだかまりは、案外兄弟姉妹どうしにも多くて、大人になると親があいだに入ったほうが、話は円滑に進みます。

もしもお子さんと意思疎通ができない原因に、思い当たることがあるのなら、介護を希望されていなくても、ぜひお子さんに詫びてください。

意外と早く、あっけなく最後のときは訪れるものです。遺恨を残したまま、人生を終えることが親子双方によいはずがありません。

できれば遺言状を、皆が納得するかたちで残されることをお勧めします。

よく遺言状と遺書を勘違いされる方がいらっしゃいますが、遺言状は親と子を結ぶ絆であり、ときにすべてを守ってくれます。

親の健康状態により、看取り方も変わってくるので、状況が変わったら、その都度、遺言状を書き換えるのが、よりベストな選択です。

親の看取りの中核を担う人が決まったら、介護と看取りに貢献した人により多くの財産が渡るように、寄与分を明記されておくこともお勧めします。これにより血縁のない、お嫁さんが担ってくれた介護も報われます。

なにも決めてこなかったことにより、親がひどい扱いを受けたり、親子兄弟間での殺傷事件が起こったりすることを、頻繁にニュースで目にします。

殺人事件のじつに半数以上が、親族間で起こっているのです。

なにか事件が起こる前に話し合うこと、不本意でも和解への糸口を探ることが、事件を未然に防ぐ手立てだということもいえると思います。

仲直りしたい、これは親の気持ちだけではありません。

お子さんが激しくあなたを憎悪しているとしたら、それはあなたに愛してほしかった裏返しなのです。

どうか一度考えてみてください。

皆が下流老人にならないで済むためにはどうすればよいのか、難しく考えているだけで案外簡単なところにヒントがあるのではないでしょうか。

インフォームドコンセントは、家族にこそ必要なのです。

「大丈夫」

親に親であることを
子に子であることを
期待するから苦しくなるの
家族だからといって
仲よくしなくちゃいけないの？
どうしてもどうしても
キモチ伝わらない
そんな日もあるよね
大丈夫大丈夫って
ココロのなかで唱えてみる
3回ぐらいいうと
本当に大丈夫になる

老いては子に従え

これは母が晩年によくいっていた言葉です。

母にとっては、「ありがとう」の代わりと、ともすると私を叱りそうになる自分への戒めだったのかもしれません。

実の母娘でも結婚して家を出ると、嫁姑のような感情が湧くことがあります。

母は自分の体が病気で動かせなくなり、頭と口だけが達者だった時期が長かったので、思うようにテキパキと家事をこなせない私のことがもどかしかったと想像します。

結婚以来出張が多く、職場が私の実家から遠かったため、私とは別に住まいを借りていた夫は、週末になるとたくさんの洗濯物を持って、私の実家に来ていました。

父と、たまに戻ってくる夫に、あまりに冷たくあしらわれている私がかわいそうになって、一人ぐらいは味方がいなくてはと加勢する気持ちで、父をたしなめながら「老いては子に従え」と、母は口にしていたのだと思います。

時代が変わって男性も、ずいぶん優しくなったように感じます。優しい男性は昔からいましたが、長男長女だらけの現在では、上の子ほど大事に育てられていて、惣領の甚六とはよくいったもので、長男長女は総じて優しいという印象を持っています。

男性が優しくなった代わりに、女性が強くならなくては、成り立たない世の中になってしまいました。

わが家は、父が次男、母が三女、夫が三男、私が一人っ子の長女という家族構成でした。

両親が存命だった当時は無我夢中でしたが、２人が亡くなって２年が経過した今では、長女体質でとにかくまじめで一生懸命だった自分がおかしく思えてきます。

もう少し手を抜くことを知っていたら、こんなに頑張らなかったのに。

父は私がやることなすことすべてが気に入らなくて、毎日野菜ジュースを自分でつくっていた時期がありました。

毎日違う種類の野菜料理を食べたい父と、そんなに料理のレパートリーを持たない私との小さなささくれです。

私は何年も試行錯誤を繰り返して、野菜でも魚でも味噌汁に入れることを思いつきました。

母が老人ホームに入居した年のお正月には、私がつくったおせち料理を初めて母にほめられました。

父は変わらず無愛想なままでしたが、母の態度の軟化でずいぶん救われました。

私が好きな家事は洗濯だけです。

それでもなんとか両親に三食用意しようと、頑張ったのです。

母は20年近くほぼ寝たきりでしたし、父が遠くまで買い物に行けなくなってから、日々の買い物が私を悩ませました。

父も何回かの入院を経て、徐々に弱っていきました。

それでも毎日、新鮮な野菜や卵をほしがったので、雨でも風でも遠くのスーパーに歩いて行くのが私の日課でした。

「老いては子に従え」、この言葉を一服の清涼剤として、痛む体にも耐えました。

お子さんと疎遠になっている方は、ぜひ「老いては子に従え」と頭の片隅にでも、この言葉を置いて考えてみてください。

「巻き戻せない時間」

若かったころ
わけもなく親がウザかった
なにか命令されるのがどうしようもなく嫌だった
大人になって思います
ウザいと思うのは
それだけ親のことを思っていたから
いわれるとおりにできない自分が悔しかった
不器用な母娘関係だったね
もう少し優しくしておけばよかった
過ぎた時間は巻き戻せないけど
一緒に銀ブラしたかったね
お母さん

独りと孤独

人は誰しも、大切にされた記憶は忘れません。
私は西日を浴びて夕ご飯の支度をしてくれた祖母の背中が、脳裏に焼きついています。
独りになるのは否定しませんが、孤独にならないでください。
孤立する前に、見栄や意地を忘れてなにが大切か考えてください。
どんなかたちで最期を迎えるのか、それは当人にもわかりません。
血縁がいないのなら、意固地にならずに触れ合える方と仲よくしてください。
いつどこで誰に助けられるか、それもまたご縁なのです。
有名人のクラウドファンディングに、想定外のお金が集まると聞いたことがあります。
あなたと関係のない、有名人の思いに共感することも自由ですが、そのお金は本当に使ってしまってよいのですか？

お子さんが自分になにもやってくれないと決めつける前に、まず親から心を開いてみませんか。

孤独の殻に閉じこもる前に、納得して人生を終わる努力をしてみませんか。

孤独にならないことを自分だけで考えているより、お子さんに心を開いて話してみたほうが案外解決が早いかもしれません。

超少子高齢社会の昨今、親と子が互いに歩み寄れば防げる理不尽がたくさんあります。

アタマもキモチも柔らかく、相容れないと思っても、一度相手の意見を噛み締めてみませんか。

「ありがとう」といったら、「ごめんね」と返ってくるかもしれません。

他人と違っていてもいいんです。

法律に抵触すること以外については、もっと自由になりませんか。

第4章　介護について思うこと

老いらくの恋と介護の現場

人間には最後に三大欲求が残ります。

三大欲求というのは、食欲、睡眠欲、性欲です。

人が認知症になった場合、それが顕著に現れます。

「まさかうちの親が」と、驚くようなことが起こるのです。

厳格で堅実だったはずの自分の知っていた親が、あられもない姿になって、驚いたことは一度や二度ではありません。

歳を取ると子どもに戻るといいますが、あれが本性なのではないかという気がします。

信じたくない思いに駆られても、目の前で起こることから目をそらしてはいけません。

ご飯を食べていても、やつぎ早に食欲を訴えてみたり、起きる時間になっても起きてこなかったりして、デイサービスに間に合わなくてヤキモキしたのも、あとになると懐かしい思い出です。

ただ、いちばんの難題で、できれば蓋をしたい問題が高齢者の性欲です。

若いころ厳格だった人ほど、抑圧された潜在意識があるのではないでしょうか。

ともにアルツハイマー型認知症だった父母は、住むところが変わってお互いの存在を忘れてしまい、それぞれの妄想のなかでパートナーをつくっていたようです。

特に母は、ある介護職員の方に特別な感情を抱き、恋愛関係にあると信じていました。

私がそれとなく、その介護職員の方に確認したところ、「ほかの入居者様と同じ感情しか持っていません」といわれ、私の取り越し苦労だったことがわかりました。

父は、女性のほうが圧倒的に多い施設に入ったため、娘の私がしゃくにさわるほどモテていました。

祖父母の時代は面会に行っても、醜態を見たことがなかったので、両親の振る舞いに戸惑うと同時に、人間らしくて、うれしいような気持ちでした。

認知症になって自覚のないままに出てくる性欲はやっかいですが、愛おしく思い出しています。

父母以外にも、恋愛とも疑似恋愛ともつかないケースを実際に見聞きしました。

その二人はともに恍惚の人なのですが、施設のなかを手をつないで歩いていて、家族も施設の職員も温かく見守っていました。

男性が先に亡くなると、女性は彼が亡くなったこともすぐに忘れてしまいました。なにごともなかったかのように女性も寿命が尽きました。

これは非常にラッキーなケースです。

高齢者はさまざまに妄想をめぐらせ、ときに家族やまわりの看護介護スタッフを悩ませるからです。

高齢の男性が若い女性の看護師や介護士にセクハラをした例が取り沙汰されることがあります。

本人はセクハラのつもりがなくても、受けた相手がどう受け取るかによって判断されるのがハラスメント問題です。

認知症などで責任能力のない高齢者によるハラスメントで相手が深く傷つき、訴訟などにいたれば、慰謝料や損害賠償などの民事責任を取るのは監督責任者である家族です。

また、これとは逆に男性の施設職員が高齢の女性に性的暴行を加えた事件もありました。高齢者の家族がハラスメントに加担した例も、一部新聞で話題になりました。

なぜ、こんなことが起こるのでしょう。

老人ホームはとても小さな閉鎖社会です。

その密室性と入居者の認知能力の低下ゆえ、ときに人を人として敬えなくなるのかもしれません。

ハラスメントに加担する家族の心理は、専門家による事件の分析から理解するべきだと思いますが、「介護サービスにお金を払っているのだから、なにをしてもよい」と、とんでもない勘違いをする家族がいることも事実のようです。

こうした勘違いは論外とはいえ、要介護者を抱えて、先の見えない家族の焦燥感は相当なものです。

「あと何か月、あと何年お金を払い続ければいいのか」という考えが、絶えず頭のなかにあることもまた事実なのです。

そうしたプレッシャーがハラスメントなどに走る要因となっているのかもしれません。


介護業界は深刻な人手不足です。

介護スタッフが追い込まれて心身を壊してしまうような現在の状況が、少しでも改善されることを願います。

超高齢社会はもうすぐそこまで迫っています。

どこかで大きな改革を行わないと、ますます人手不足が深刻になるのは明らかではないでしょうか。

「灯台守」

私は都会の砂漠の灯台守になるよ
近ごろ海より都会の砂漠で
迷う人のほうが多そうだ
迷っている人をあかりで照らすよ
皆無事にあなたの場所に帰れますように
おばあちゃんとお母さんに少し近いところで
灯台守になるよ
あなたが目的の場所にたどり着きますように

老人ホームに期待しすぎないで

老人ホームは、終の棲家ではありません。むしろ老人ホームで、看取ってもらえるほうが珍しいことです。最近では、職員に対する暴力や暴言を理由に、認知症などが重くなった高齢者が施設を強制退去させられる事例が目立つようになりました。

入居者本人の体調が悪くなり、入院加療が必要になった場合も、必然的に老人ホームから出されます。

終の棲家をうたっている老人ホームのパンフレットを見かけますが、介護の実態がパンフレットどおりの施設は、どれだけあるのでしょうか。

私が知る限り、老人ホームのパンフレットには、メリットを強調しながら、それが条件付きであることが記されています。

また、入居一時金がどれくらいの期間で償却されるかなど、大切な注意すべきことほど、端の目立たないところに小さな文字で書かれています。

老人ホームは、入居時にはとてもフレンドリーに歓迎してくれますが、退去するときはある日突然訪れます。

私の両親の場合、母は亡くなる5年前に有料老人ホームへ、父は亡くなる2年前、介護老人保健施設のショートステイからお世話になりましたが、前述したように体調が悪化して退去しています。

母は当時自立歩行ができない状態だったため、問題行動に対する不安は不要でしたが、父には「問題起こしたら困るよ」と、口が酸っぱくなるほど注意していました。

父はときおり、自分の持ち物を紛失して私を困らせる以外は、幸い大きな問題は起こしませんでした。

老人ホームで起こる昨今の問題の数々は、暴行を加えた加害者がもちろん悪いのですが、事件の起こる背景も理解できます。

施設の末端の職員は夜間などは1人で、20人前後の入居者を受け持ち、四苦八苦しています。

同じことは、高齢者が多く入院している病院でもいえることです。

私の母は、よくよく自分で動けなくなったとき、「それが私の運命ならば、職員からの暴力も甘んじて受ける」といいました。

もちろん私は、「そんなこと絶対にさせない」と、固く心に決めていました。

施設や病院に親を入院させている家族の方にお願いしたいのは、

ときどきでよいから親を直接担当している職員の方に会いにいっていただきたいということです。

そして、依頼主の立場ではなく、あくまでも自分の親をお世話していただいているという意識で、日常のどんな様子でも親に関する情報を担当の職員の方と積極的に共有してください。

そのとき、できるなら職員の方のよいところをほめて、相手を立てられるとよいと思います。

誰でもほめられて悪い気はしませんし、ほめるという行為は人間関係を円滑にします。

家族と職員のコミュニケーションが取れていれば、職員からのクレームもキャッチしやすくなりますし、こちらも改善してほしいところが指摘しやすく、事前に防げる事件がたくさんあると考えます。

どんな団体に関わるときにもいえることですが、担当者との相性が大事です。

家族の方は面倒くさがらず、親の看取りに参加されることを願います。

それが親を、ひいてはご自身を守る方法にもつながるのです。

私の場合は、自分から進んで施設の方とも関わる努力をした結果、母を最後の病院に入院させたとき、床ずれが一つもないと、看護師さんにほめられました。

「髪を染める母」

まだ元気だったころ
浴室暖房もないお風呂場で
母が髪を染めていた
髪が染まるのを待つあいだ
お風呂場のドア越しに
話をするのがうれしかった
接客業って大変だな
かすかなヒーターのにおいがした
遠い冬の記憶

私のカラダ、ココロ、オカネの話

私は自分の意に反して、21年間にわたって両親の介護をしたことになります。

思い返せば献身的に介護した日ばかりではありません。

私も生身の人間です。

「嫌だなあ」と思う日もありました。

風邪もひきました。

体調を崩したこともありました。

疲れて起きたくない日もありました。

私の献身をいつか親が認めてくれる日がくると信じていました。

でも、その日はきませんでした。

それでも自分の気持ちに折り合いをつけて、土地家屋、財産、お墓を相続して、私が前に進むために親を看取ったのです。

今までに何度も親の入院の手続きをして、病院とのつき合い方を学びました。

介護が長期にわたると、夫との仲は冷え切り家庭は崩壊して、夫は別の場所に部屋を借りました。仕事が多忙であったために、私の介護にはまったく参加していません。

現在、私自身もいくつかの病気を抱えていますが、独りであることは怖くありません。

自分が病んでいるときも、地域の自治体に相談すれば、窓口があることを知りました。

親の介護についても、当然、自治体は相談に乗ってくれます。日ごろの介護で積もった悩みを聞いてもらうことで、介護者の気持ちはとても軽くなります。

気持ちが荒んでいるときは、誰かれ問わずぐちりましょう。それでも足りなかったら、インターネットにあふれた感情を書き込みましょう。

一人で抱え込むから、思い詰めて事態をどんどん悪くするのです。1週間に1日でもいい、介護にお休みをもらいましょう。なんでも家族だけで完結しようとするから、思い詰めて事件に発展するのです。

頭で考えているから難しいのだと思います。何年でも何か月でも、大人になったのちに親御さんと一緒に過ごした記憶をつくってください。

亡くなると、その人の思い出は美化されます。

親に対する恨みがあったとしても、だんだんと年老いて自分より弱くなる親を最後は慈しんで、記憶にしっかりと刻みつけて忘れないでください。

親を通して自分のルーツを見ておくことは重要なことです。

地に足が着いて、この先の人生を歩いて行く力になります。

親を看取るということは、自分の終活にも大変役に立つのです。


とはいえ、介護と看取りには先立つものが必要です。

私が最終的にいちばん困ったことが、お金の問題でした。

母の老人ホームに入るための入居一時金を、なんとか母の預金から出せないものかと、恐る恐る近くの銀行へ行き、聞いてみましたが、本人の意思確認ができないとの理由で出金できなくなりました。

「えーい、ままよ」と、母の介護医療費全般を、私の預金でまかなう決意をしました。

かなり無鉄砲でしたし、のちに悩むことにもなったのです。

父は、出かけると自分で自宅に帰ってこられなくなり、体もかなり弱ってきたので、寒暖の厳しい季節は介護老人保健施設にショートステイすることになりました。

父が介護老人保健施設に入居するお金は、本人の意思確認ができたので、父の名前で契約が成立しました。

母のことには消極的だった父が、自分のことにはお金を払うといったので、安心したと同時に気が抜けました。

「叫び」

連れてって
連れてって
連れてって
何度叫んだかわからない
母の背中は小さくなって消えていった

いつ帰る
いつ帰る
いつ帰る
何度聞いたかわからない
父はなにも答えなかった
なにも答えずドアがしまった

男性が考える介護
女性が実際に行う介護

男性と女性では、介護に対する考え方が違います。

男性はまず自分の仕事優先で、親にがまんを強いていることにすら気づきません。

せっかく就職した会社であり、いまだに何事にも仕事が優先する日本では、会社を休まないこと、会社を辞めないことが大事だと思われているのです。

男性が介護の主体である場合、親御さんにしてみれば、いつまでも金銭的援助がしきれるわけもないので、自分が介護が必要な動けない状態でも、オムツの取り替えと食事を夜までがまんしなければなりません。

ですから、男性は昼間に会社へ行っている時間は、介護のことを忘れていられるようです。

これに対して女性は、よほど高度のプロフェッショナルでない限り、全力で親に尽くします。日々の生活すべての面倒をみようとします。

日本では古来、家のなかのことは女性がするのが当たり前でした。けれども、今や共稼ぎが当たり前の時代です。男性の介護に対する意識を変えてもらい、もっと積極的に介護に参加してもらわなければなりません。

今、私がいちばん疑問に思っているのが、日本の介護制度です。

介護休暇が合わせて93日というのは、なにを根拠に決められた日数なのでしょう。

93日で終わる介護があるでしょうか。

要介護状態になった高齢者の多くは、呆気ないほどの最期を迎えるとしても、それまでに幾たびもケガや病気を繰り返します。

現代では、老衰死までたどり着くのは至難の業です。

私がよく見聞きするのが、兄弟や配偶者含めて、いちばん立場の弱い人が介護を一手に担って、その結果、体だけでなく心まで壊してしまう例です。

私が住む行政区の福祉課で、相談に訪れたらしき女性が、

「なぜ、私だけが義理の両親の介護をすべて背負って、こんなに大変な思いをしなければならないのですか?」

と号泣しているのを見たことがあります。

私はそのとき、自分の気持ちを言葉に出してちゃんといえる、その人を立派だと思いました。

介護問題を個人が背負っている限り、事態が改善することはありません。それを担わなければならない女性がいたとしても、夫や兄弟とも話し合えて協力し合える世の中にならないと、超高齢社会は乗り切れません。

私は夫に「お前の親なんだから、お前が面倒をみろ」と取り合ってもらえませんでした。

現代でも、肝心なことは女性ががまんしなければならない、日本の風潮を感じます。

世の中には本当に優しい男性がいて、介護を分担するために会社に介護休暇を申し出たという話を聞きましたが、介護休暇は女性主体に考えられていたため、会社の総務も適用に困ったようです。

私は介護の証拠を示すものといわれて、親の要介護認定結果通知書と、病院の領収書、おくすり手帳などと答えたことがあります。

現在はパートナーを介護している人も増えています。行政が介護の現状を正しく理解して、現状に合った制度に改めない限り、介護離職は減らないと思います。

第5章　終わりのときに向けて

現在の私が考える私のお終い

私はこの本を書き終えたら、正式なかたちで自身の延命治療を行わないことを明記した遺言状を作成します。

それは私に継承する者がいないことと、両親の最期に立ち会って、両方とも非常に不本意だと感じたからです。

人が死ぬときは、誰でも理不尽です。

たとえ自殺であっても、死ななくて済む方法があったのではないかという気がしてなりません。

病院の救急搬送口で、事故死を何度となく目にしました。

人間一寸先は闇です。

だから、決められることはできる限り、生きているうちに決めておきたいのです。

人はどうなったら、死んだと判定されるのでしょう。

死の判定は、心拍停止、呼吸停止、瞳孔反応消失の3徴候が一定時間続いた場合とされており、近年、これに脳死の議論が加わってきています。しかし、私が死ぬときは脳死で判定してほしくありません。

私は、口から物を摂取できなくなったら、私の死と判定してほしいのです。

無意味な延命治療は、絶対に施してほしくありません。

本人の意思を示すものがなにもなかったから、母は点滴チューブに10か月つながれたのです。

本人はさぞかし無念だったと思います。

皮肉な話なのですが、父は点滴チューブにつながれても、たとえ胃ろうを施されたとしても、一日でも長く生きていたかった人です。それに対して母は、難病で20年近く闘病して、とてもつらく苦しい人生でした。

100回以上は「殺してくれ」と頼まれました。

私は自分が殺人犯になる代わりに、母に老後をつくってやりたくて、老人ホームを探しました。

私の選択が正解だったかどうかは、まだわかりません。

でも現時点では、間違っていなかったと思っています。

自分が生まれた当時に、胎児の染色体や遺伝子を調べる新型出生前診断があったら、私はこの世に生を受けていない命です。

幼いころから病気ばかりして、喘息の発作と相次ぐケガに悩まされて生きてきました。

私の染色体異常が判明したとき、「知っていたら、あなたを産んでいない」と母にいわれました。

夫には「子どもをつくっていなくてよかった」と、しみじみいわれました。

それでも私が生まれたことを正解にしたいのです。

偉業といえることなど、なにも成していないけれど、私にとって自由より不自由のほうが圧倒的に多いけれど、それでも生まれてこなかったほうがよかった命なんてないと思いたいのです。

以前、障がいのある方を多く雇っている飲食店に、出向かせていただいたことがあります。私は見学する心づもりでしたが、パワーをもらって帰ってきました。

皆さん、お給料が出る仕事に誇りを持って働いていました。不得意なことを補って、得意なことを活かせる社会にシフトする必要性を強く感じます。

現代の人手不足は、待ったなしです。考え方を変えるだけで使える人材を使わない組織は、とてももったいないことをしていると思います。

まだまだ偏見や差別意識が払拭されていないことを感じます。

私は母のお腹のなかにいるときから、へその緒を首に巻きつけていて、そのまま生まれてきたので、産声を上げていません。

体が弱くて、「おそらく大人になるまで育たない」と、医師にいわれました。

それでも現在まで生きてきました。

母方の祖母が私と同じ病気で亡くなった年齢と同じ49歳になったとき、私は母に「もう犯罪以外のことは、なにをやってもいいよね」と聞きました。

このとき、母は私のいっている言葉の意味を正しく理解していなかったと思います。

人間のなすことに、法に抵触すること以外に間違いなんてないのです。

そのとき、そのときでなにが親にとって幸せかを真剣に考えて、自分のできる最善を尽くして行動してきました。

両親ともに冷たくなる前に、看取ってやれたのは上々だと思っています。

「この身一つ」

否定されてばかりいたから
ほめられると不安でたまらなくなる
否定するのも肯定するのも他人の評価
自分はなにも変わらない
この身一つで生きていかれれば上等だよ

お墓の話
墓終いのこと

私は生前に父を説得できなかったことを深く悔やんでいます。

じつは父が亡くなってから、私は今までの人生で一番のピンチに直面したのです。それは相続とお墓に関することでした。

父の財産が、どこにどれだけあるのか、私はまったく知りませんでした。

また、お墓を自分の住む近くに移そうという心づもりがあったのですが、現実にどんな手続きを行ってよいかわからずに、家屋や資産、お墓の相続で途方に暮れました。

紆余曲折を経て、最後は法律家と税理士に頼んで、やっとのことで相続を執り行いました。

生前、父とそこまで立ち入った話をしていればと、ずいぶん後悔しましたが、父は当時、聞く耳を持たず法律家と聞いただけで毛嫌いしました。

今にして考えると、毛嫌いしていたのではなく、コミュニケーション能力がないために、ひたすら怖かったのだと思います。


皆さんは、お墓参りに行っていますか。

最近の若い人のなかには、自分の祖父母に会ったこともない方がたくさんいます。

そのため、お墓参りをしたことがないという話もよく聞きます。

でも、それは親子が大切な話をしないため、お互いの考えを知らないからで、親世代より子世代のほうが、お墓のことを気に掛けているケースは少なくありません。

以前住んでいた集合住宅で、お墓参りに気軽に出かける私を見て、かなり若い人にうらやましいといわれたことがあります。私は祖父が僧侶だったこともあり、他の方よりはお墓やお寺に親しんできた人生でした。

若いころ、父は一人でお墓参りに行くのが嫌だったのでしょう。よく千葉県松戸市にあった先祖のお墓につき合わされました。

介護老人保健施設に入居する直前に父は、私になんの相談もなく、祖父と叔父のお骨を遠方のお寺に移送することを決めてしまいました。

それは宗教的な理由で、どうしても同一宗派で供養してもらいたいとの、父なりの思いからでした。

私は女性ですが、お墓もそして知る限りの先祖のお骨も、できる限り自分で守っていこうと決めていたので大変ショックでした。

私は私なりに、家を継ぐ方法を模索していたのです。

のちに、親戚に父の行動を知られて、亡くなった父の代わりに私が激しく叱責されました。

あれから3年近く経った今では、父は父なりに自分の死期を悟って必死だったのだ、という考えにいたりました。

私が今強く思うのは、本気で家を継ぎたいと考えるお子さんがいるのだったら、お子さんが男でも女でも、どうぞ腹を割って話し合ってください、ということです。

せめて人生最後のときには、親子がわかり合えていることを、切に望みます。

2017年10月に、私は千葉県松戸市の墓地の墓終いを行いました。墓終いとは、お墓を片づけて更地にして、お寺や墓地の管理者に敷地を返すことを指します。

そして遺骨の引っ越しをするのです。

２０１７年11月、私の名前で現在住んでいる沿線の納骨堂を契約して、納骨式を執り行いました。

私が存命のあいだは、折々にお墓参りに行き、私が死んだあとは祖母と両親、私を永代供養してもらえる契約を結びました。

「わからないこと」

未来に起こることはわかりません
わからないから絶望する
わからないから不安になる
わからないから期待する

つらいときこそ夢を見てみませんか
わからないからワクワクする
わからないから楽しくなる
わからないから希望に変わる

遺産分配について

民法では子ども全員に、均等に親の財産を分配することが定められています。

現代では親が亡くなると、家庭裁判所から通知が届く場合があり、誰かが独り占めすることはできなくなりつつありますが、それも全部ではないと思います。

相続を法律家に依頼した場合、相続人のすべてをていねいに調べます。

そうして相続人が確定したら、遺産分割協議に移ります。

私は遺された配偶者、子ども全員がいるところで、公開してすべてを取り決めるべきだと思うのですが、そうでもない事情も聞こえてきます。

平成も終わろうとしている現在でも家督相続の名残があります

し、また、母親は長男のことがやはりかわいいと思う気持ちも理解できます。

でも、できればそれを密室で決めないでいただきたいと思います。

私の夫の母は、若くして逝去しました。

その際、子どもたちそれぞれの名義で通帳をつくり、一人ひとりに遺産分配がされました。

あとで考えると、それは決して公平なものではありませんでした。それでも思うのです。

あれがお義母さんの遺志だったと。遺言の代わりに、あとでいさかいが起きないように自分の意思表示をしていってくれたのです。

さらに賢い長男がいたことと、銀行に勤める家系だったこともあり、法律家に依頼しなくても相続手続きは滞りなく終わりました。

夫の親は介護もまったく必要なく、相続もスムーズに終わったので、円満なケースだといえます。

私は一人でも多くの人が、あとで悔しい思いをせずに、看取りと相続が行われることを切に願います。

親が介護を希望しなくても、高齢者はいつ要介護状態になるかわかりません。

確かなうちに子全員を集めて、どのように見送ってほしいか家族で話し合うことがベストです。

子はそれぞれ独立すると、それぞれの生活に格差も生まれます。

決してたくさんの遺産ではなくても、いいえ、たくさんの遺産がないからこそ生まれるいさかいを何度も見聞きしました。

息子のお嫁さんに、介護でお世話になることが予想できる場合は、できれば寄与分が明記されていると、義理の関係の方の努力も報われることでしょう。

私の場合は、父が株などの有価証券と、金やプラチナを所持していたことに悩ませられました。

有価証券は、相続手続きが大変です。のちに子が困らないように、できれば現金化するか、もしくは、所在を子に説明しておかれることをお勧めします。

父は最後まで、まったく自分の財産について、私にいい置いてくれませんでした。

そんな関係のまま、父は急死しました。

あまりに突然その日はきました。

私が相続で苦労したことを聞いた近所の人が、銀行の信託部門に親子で相談に行きました。

とても立派な親御さんです。

でも、知っていますか？

銀行の信託部門には、相続に関する手続き資格はありません。銀行はあくまで、相続進行のコーディネーターであって、実際の相続手続きの業務は提携する専門の法律家に依頼するのです。

それでも、めんどうでわかりにくい手続きを代行してくれるため、現在は銀行の遺産整理業務が増加していますが、その報酬は当然高額です。

私は自治体が勧める法律家に面談して感触をつかんでから、お寺の住職の紹介で実際に依頼した法律家と出会いました。

全部ではありませんが、着手金だけを取ってなかなか本題に入ってくれない、法律家の話も聞きました。私は自分の判断に自信がなかったから、そうしたのです。

できれば信頼して任せられる法律家を、味方につけることをお勧めします。こちらの内情を知って着手してくれる法律家は、最後まで投げ出さずに面倒を見てくれます。

親が確かなうちにこそ、一家の今後のことを話し合ってください。争いの種を遺さないのも、親としての大切な役目です。

私の家はこれらのことが叶わなかったから、ことさらに思いが深いのかもしれません。

「見たかった父の笑顔」

お父さん
こんなはずじゃなかったね
「部屋を借りたよ。お父さんの部屋もあるよ。
お正月は一泊する？」
何度聞いても首を横に振った
とても寒がりだった父
あなたの「あったかいね」が聞きたくて
床暖房のついた部屋を借りた
私が見たことのない顔で笑ってよ
顔くしゃくしゃにした笑い顔
一度でいいから見たかったの

特定空き家と休眠口座について

最近、特定空き家等が問題になっています。

法律条文の丸写しですが、2015年に施行された「空家等対策特別措置法」によると、特定空家等とは、「そのまま放置すれば倒壊等著しく保安上危険となるおそれのある状態又は著しく衛生上有害となるおそれのある状態、適切な管理が行われていないことにより著しく景観を損なっている状態その他周辺の生活環境の保全を図るために放置することが不適切である状態であると認められる空家等」(「空家等対策の推進に関する特別措置法」)のことです。

大ざっぱにいえば、住む人や管理する人がいなくて、あるいは放置されて、荒れた空き家のこと。

これは過疎化が進む地方だけの問題ではなく、都心であっても駅から遠い戸建てを相続した人が放置し、荒れた状態になっているのを目にすることがあります。

親の時代は、土地つき一軒家がトレンドでしたが、今は暮らし方も価値観も人それぞれですし、独立して所帯を持つと配偶者や子の学校のことなどで考え方も変わります。

多分、相続手続きも行われずに、取り壊す措置も取られないまま、家財が放置されたのでしょう。生活の痕跡が残った家をたくさん見かけます。

これは戸建てだけの問題ではなく、集合住宅にも同じことがいえそうです。

今後も少子化の影響で、今の何倍にもその数は膨れ上がることでしょう。

特定空き家と同じように、親子のコミュニケーションが密だったら減るのではないかと思うのが休眠口座です。

毎年、多額の休眠預金が出ることを、新聞などの媒体で目にします。

私はこの大多数が、高齢者の所持金だと推測します。

親と疎遠になっていた子が、親の臨終のあとに、医療費や葬儀代を支払おうとしても、実家のお金のありかがわからないということをよく聞きます。

私の場合は、実印も知らされていなかったため、銀行に行って説明しても、本人確認が取れないとの理由で取り合ってもらえず、これまでになかったほど困りました。

人は認知症になると、大多数がお金を盗られてしまう被害妄想を起こします。高齢者は自分の財産が盗られてしまう心配で、子にいい置かないのかもしれません。

この問題はほかの高齢者のお子さんからも、何度か聞きました。

けれども、親二人を看取った私が実感したことは、人間は身一つで死んでいくということです。

なにも持っていけません。

最近、人口減少によって社会活動が停滞する、2040年問題がいわれています。

社会保障費もこれまでどおりには立ちゆかなくなります。

私はこの問題の解決にも、家族の和解が一役買うと考えます。

少子高齢化を救うのは、AIではなく、案外身近なアナログなことなのです。
一人でも多くの孤独死をなくし、一人でも多くの貧困を救うのも、家族の団結です。
どうか一人で決めつけないで、「老いては子に従え」を実践してみませんか。

特殊詐欺について

ニュースでは毎日のように報道される特殊詐欺、あなたは罠にかからない自信がありますか？

私の家の固定電話にも携帯電話にも、特殊詐欺や架空請求と思われる電話は頻繁にかかってきます。

人間は騙される生きものです。

私はすぐ人に相談するので、幸い被害に遭ったことはまだありません。

でも、これはたまたまなのです。

詐欺だと気づいていても、「うまい」と感心してしまう電話が数々ありました。

なかなかメディアで注意喚起しているようには、人間の思考は働きません。

私の預金口座がある銀行の支店長や銀行の行員の方もいっていましたが、特殊詐欺の被害は増え続けています。

地域の防災無線は毎日のように、「現在詐欺と思われる電話がかかっています。疑われる電話があった際には、お近くの警察までお知らせください」とアナウンスしています。

でも高齢者は、じつは犯罪も警察も苦手なのです。

自分が犯罪に巻き込まれるのは、もちろん誰でも嫌です。

高齢者が突然かかってきた怪しい電話を警察に知らせない理由は、いくつかあると思います。

強い恐怖を感じても、まさか自分が被害者になるはずはないと思い込みたい気持ち。

警察に電話して理路整然とした言葉が出てこない恐怖。

詐欺かどうかも判断できないのかと、思われたくない見栄の気持ちです。

若い世代よりも、高齢者は警察に通報するのを怖がる傾向があるのは、このためだと思います。

加えて、80代の人もスマートフォンを持つ時代です。

80代の方は、スマホは単なる電話ではなく、インターネットにも接続できるコンピュータと同じだという認識がない、ということを聞きました。

それでもお年寄りは、ラインやフェイスブックで、お孫さんやお子さんと頻繁にやり取りがしたいのです。

最近は、料金もスマホがガラケーよりも安いこともありますから、夫婦で携帯電話会社の販売店に出向いて、詳しいことはわからないままに契約をしているらしい光景をたびたび見かけます。多分、お子さんやお孫さんは、日常が忙しいのでしょう。いくらメールを送っても、返信がないということもよく聞きます。

あるとき、私の携帯電話にも、架空請求の電話がかかってきました。

あまりの激しい恫喝の仕方に、強い恐怖を感じて怯えました。男は「お金を支払わなければ、簡易裁判にかける」と脅してきました。

もしも、家の近くにコンビニのATMがあったら、電話が怪しいと感じても、相手の恫喝に怯えてお金を支払ったかもしれません。

それほどに被害者に考える隙を与えず、少しでも気が弱いと見たら、とことん追い込んでくるのが特殊詐欺のマニュアルです。

私が電話を受けたのは、ちょうど交番の前でした。

「交番が近くにあるので、ちょっと聞いてきます」といったら、電話はすぐに切れました。

スマホのなかにも危険は潜んでいます。

怪しいリンクを、何度もクリックしてしまいました。

無料占いをうたっているツールから、あとで異常なほどたくさんの料金を請求するメールが送られてきて、自分でやったこととはいえ、メールの数に辟易しました。

私は、事件に発展しそうなこのような事案を逐一警察のサイバー対策課に、相手の電話番号やメールアドレス付きで報告しています。

サイバーに関しては、誰が被害に遭ってもおかしくありません。

狙われているのは高齢者だけではないのです。

この原稿を書いているあいだにも、50代の男性が架空請求で脅されて、コンビニのプリペイドカードを購入させられ、多額のお金を騙し取られたニュースを知りました。

家族や会社に危害を加えるといってくるのですから悪質です。

認知症の人だけが特殊詐欺に巻き込まれるのではありません。

メディアでの報道の仕方も、再考していただきたいと思います。

「お金の話が出たらすぐ相談」

誰に相談したらよいのですか?

息子や娘は自分の生活で昼間は精一杯で、やっと連絡がついたらもう夜中で、そのあいだに事件は起きてしまいます。

親からの電話に仕事中に出て、ゆっくり話を聞いてくれる子がどれだけいるでしょうか。

特殊詐欺を撃退した話だけを報道していたら、詐欺の手口はどんどん巧妙化して永遠に詐欺は減りません。

私はここでも、家族の再構築が必要と考えます。

毎日、親御さんに電話をかけているという人の話を聞いたことがあります。

大変立派だと思いますが、遠方ならよけいに盆暮れぐらいは顔を見せてください。

強がっていても、親御さんはきっと待っています。

「親子の距離」

若かったころ
あなたの未来予想図に
ご両親はいましたか？
親の老いていくさまを想像したことがありますか？
あなたがこんなはずじゃないと思っているなら
きっとご両親もそう思っています
勇気を出して話しかけてみませんか？
好きな食べ物を買っていくだけで喜びます
少しずつ少しずつ
歩み寄ってみませんか？

両親の葬儀

父は、2016年の6月9日に倒れて、6月12日に逝去しました。倒れる前の週まで元気だったので、脳梗塞と聞いたときには慌てました。

ちょうどそのとき、祖父母の遺品整理をしていた関係でつながったお寺の住職に急かされて、葬儀屋を予約することになりました。

病院によりますが、葬儀屋と連携しているところがあり、よけいなお金が発生することがあると聞いたことがあります。もしも、助かったらキャンセルすればいいんだからといわれ、妙に納得しました。

といっても、葬儀屋に知り合いなどなく、夜中までかかって何軒も探しました。

まさか本当に亡くなるとは思っていませんでした。

父は倒れる直前まで、普通に食事も自分で摂れていて、二足歩行もできていたので、一般的なサイズの棺桶に仰向けで寝ることができました。

白装束に蓑笠を着け、右手には木の杖を持ち、胸には六文銭の紙の札を抱いて、そして三途の川を渡っていきました。

六文銭は三途の川の渡し賃です。

母は、２０１６年の2月に肺炎により救急搬送されて、死の淵をさまよいながらも戻ってきました。

それから10か月、点滴チューブにつながれて生き続けました。

２０１６年11月23日に面会をしたのが最後になりました。

3日後に危篤の報が入り、私が行ったときには眠っているような顔で死んでしまいました。

点滴チューブとカテーテルを外された手足はまだ温かかった。

このときは、母が死ぬことを予見できていたので、病院に葬儀屋を呼んでいました。

地方にもよりますが、急に家族が亡くなると、遺体安置所にも受け入れてもらえないと聞いたことがあったからです。

もうこれでお終いと思ったので、川崎港の近くの葬儀場まで母の亡骸と一緒にドライブしました。

母の旅立ちの衣装は、桜色した浴衣に、きれいにセットしてもらった髪、本当は綿帽子をかぶせてお嫁に出したかった気分です。

私の母は、花嫁衣装を着ていなかったので、花嫁の母の気持ちで私が頑張りました。

でも、長年体が動かすことができず同じ姿勢をとっていたがゆえの拘縮《こうしゅく》（関節が硬くなり、可動域が制限されること）で、一般的なサイズの棺桶には入りませんでした。

幅が1・5倍サイズの、桜色した棺桶を注文して、母の脚を木づちなどで叩いて無理に棺桶に入れることは一切しないようにいいました。

父と同じく、六文銭を胸に三途の川を渡っていきました。

二人ともに、亡骸が傷まないようにエンバーミングを施しました。

父は生前と変わらぬ顔で、母は少し整形してもらったので、ふっくらした若いころの顔で、5か月あまりのあいだに続いて旅立ってゆきました。

葬儀は二人とも家族葬にして、私と夫、寺の住職、そして母の葬儀には、私の代理人である法律家が参列しました。

私は、この葬儀を実行したことを後悔していません。

「帰りたい場所」

帰りたい
帰りたい
帰りたい
高齢者は決まってこういうのです
家族の家を売ってしまってごめんね

帰りたい
帰りたい
帰りたい
私が帰り着くのはお墓のなかだけです
両親祖父母みんなに会えるまで
頑張るよ

あとがき

私の介護と看取りは、２０１６年11月に母が死去して終わりました。

それから1年半後の２０１８年7月、私自身の名前で部屋を契約し、ささやかながら、誰からも「出ていけ」といわれない部屋を手に入れました。

私は現在の生活を仮の姿だと考えています。

このあと何年後かわかりませんが、私たち夫婦の人生の終い方で、私の真価が問われるのだと思います。

現在の私の頭のなかにあるのは、なんとか孤独死を防ぎ、夫婦のうち残ったほうが荷物を整理して部屋を売り、墓を永代供養にしたいという思いです。

けれども、人生は頭のなかで思い描いたようにはなかなか進みません。どちらかがこれから、長患いするかもしれませんし、ずっと今の生活が続く保証もありません。

ただ今は、この書籍を手に取ってくださるあなたに感謝して、先の心配はせずに眠りにつきたいと思います。

最後に、私の書籍に関わってくださったすべての方に深く感謝の意を表します。皆様ありがとうございました。またいつか、お会いしましょう。

２０１９年３月

松谷美善

松谷美善（まつや・みよし）
1959年9月、東京都港区で出生。80年、國學院大學栃木短期大学国文学科卒業。87年に結婚。95年より、難病を患う母の介護を始め、現在に至る。著書に『涙のち晴れ　母と過ごした19年間の介護暮らし』（2014年、小社刊）、『涙のち晴れ　母と過ごした19年間の介護暮らし（文庫版）』（2018年、小社刊）。

不完全《ふかんぜん》な親子《おやこ》

2021年9月16日　第1刷発行

著　者　松谷美善
発行人　久保田貴幸

発行元　株式会社 幻冬舎メディアコンサルティング
〒151-0051　東京都渋谷区千駄ヶ谷4-9-7
電話　03-5411-6440（編集）

発売元　株式会社 幻冬舎
〒151-0051　東京都渋谷区千駄ヶ谷4-9-7
電話　03-5411-6222（営業）

印刷・製本　中央精版印刷株式会社
装　丁　松山千尋

検印廃止
©MIYOSHI MATSUYA, GENTOSHA MEDIA CONSULTING 2021
Printed in Japan
ISBN 978-4-344-93595-2　C0095
幻冬舎メディアコンサルティングＨＰ
http://www.gentosha-mc.com/

※落丁本、乱丁本は購入書店を明記のうえ、小社宛にお送りください。
送料小社負担にてお取替えいたします。
※本書の一部あるいは全部を、著作者の承諾を得ずに無断で複写・複製することは禁じられています。
定価はカバーに表示してあります。